김교협 시집

시음사
시사랑음악사랑

시인의 말

우연히 피운 꽃

어느 날 우연히 문단의 길을 접하게 되었고
그것이 내 삶의 일부가 되었습니다
글을 읽고 쓰는 시간만큼은
계절이 따로 없었으니까요

누군가를 그리워도 해보고
그 무엇인가를 글로 표현도 해보고 싶다는
내면과 외면의 생각
어떻게 보면 단막극
그 짧은 글 속에 숨어 숨 쉬는 많은 사람들
웃고 울고 즐기는 시간이 따로 없었습니다

마음에서 피는 꽃
봄 여름 가을 겨울 그 따듯함은
외롭고 그립고 설렘 다 표현은 못 하지만
자유는 있었습니다
글을 대하는 것은
그 사람의 마음속 깊은 샘 자유의 마음이지만
누구나 잠자고 있는 글들은 날개가 있으니까요

부족한 듯 아쉬운 듯 하면서도
제 글을 읽어 주시는 독자분들께
한 발짝 한 발짝 연애하듯 다가서도록
노력하는 시인이 되겠습니다

시인 **김교협**

목차

목차

목차

새 이름표

깡충깡충 새 이름표
신년이란 이름으로 달았네요

코흘리개 미운 사랑
작은 수갑 사랑으로

곱게 물든
단풍 얼굴

철썩철썩 파도소리
모여드는 갈매기 떼

쓰기 싫은 흰 털 모자
한 올 한 올
늘어가고

구불구불 산골길에
우물 파는 길동무는

내 마지막
친구라네

시간은 흐른다

바람 같은
느낌으로 세상을
바라보고

구름 같은 마음으로
세상을 바라보며

갈대숲 바람에
속삭이듯

흐르는 강물 위
반짝이는 작은 별

시간은
어둠 속에
흐른다

삶은 낮과 밤이로다

삶은 내게 묻는다
시간이 부족하냐고
그리고 세상이 따듯하며
차가우냐고

삶은 내게 묻는다
그곳에 가보았느냐고
약속을 어기지
아니했냐고

삶은 내게 묻는다
거짓을 말하지 아니했냐고
그래서 가질 것이
더 있냐고

삶은 내게 묻는다
버릴 것이 더 있냐고
그래도 그 순간순간 만은
잊지 말라고

세상의 이치는
넘침도 모나지도
아니 하다며

내게 봄은 왔는가

바람이 말을 하네요
당신의 마음을 읽었노라고

꽃이 말을 하네요
당신의 눈과 귀 입을 보았노라고

나비가 말을 하네요
당신은 나를 잠깐 따라오라고

물은 말을 하네요
당신 발을 담가보라고

숲과 들은 말을 하네요
이곳에서 마음껏 즐겨보라고

세상은
말을 하네요

너무 차갑지도
뜨겁지도 말라 말을 하네요

그래야 새봄이
당신께 계속 온다고

사랑은 봄비처럼

사랑은 봄비처럼
비 오는 날

당신은 저에게
우산이 되어 줄 수
있나요

저 또한 당신께
비 오는 날

사랑은 봄비처럼
당신께
우산이 되어
드릴게요

같은 자리

길을 거니는데
꽃이 나를
불러 세웁니다

잠시 잠깐
쉬었다
가라네요

꺾지 말고

비가 오고 바람 불며
괴롭혀도

매일 같은
그 자리에서

나를 보고
있노라며

손바닥 그릇

아침 일찍
들려오는
빗방울 소리

이 비가 그치면
식물들
노래 부를까

처마 끝에
걸터앉아

손바닥 그릇
몇몇 방울
담아봅니다

여름 날

멍하니
하늘을 보게 된다

그늘 하나
없는 곳을

비라도 내려주면
그늘 하나
생기려나

맑은 햇살 눈부셔서
뜨겁다고

맴 맴 맴

너는 구슬피도
우는구나

조각 산천

높고 높은 조각 산천
가는 곳곳마다

아름드리
푸르름이

넋을 잃은 나의 눈을
부끄럽고 부끄럽게

내 발걸음을
잡는구나

그곳에다 내 마음이나
두고 올걸

여명의 아침

여명의 새 아침은 밝았습니다
물러서지 않을 기세
당당했던 여름이지만

가을자락 햇살엔
힘없이 무릎을 굽히고
말았습니다

우리네 인생도
어찌 보면 피고 지는 꽃이랍니다

화단에 심어 정성껏
가꾸는 사랑

야생마처럼 펄펄 뛰놀며
키우는 사랑

모두가 계절 같은
사랑입니다

여명의 아침이
밝아 오듯이

하회탈

몸짓 하나로 말을 하고
눈빛 하나로 전달할 때

풍년 소원 가슴으로 울어가며
벅차오는 숨소리

투명하고 아름다운
수정의 꽃

미워해야
미워할 수 없는 당신

너울너울
파도처럼 흥에 겨워 춤을 추다

동그라미 한 귀퉁이
남몰래 누른 것이

하트 모양 하회탈이
되었다네

믿거나
말거나

가을비

가을비 비바람에
곱게 입은
단풍 옷 하나 둘

땅 위에
벗어 던진다

당신의 눈 속에
당신의 마음에

우산 위 토닥토닥
귓속말하듯

곱게 입은 단풍 옷
하나 둘
벗어 던진다

기다리는 마음

세상은 물들고
마음의 꽃이 되어

신호등 건너듯
기다리는 마음은

가난도 잊은 채 이 땅에
뿌리 되어 내리고

희망찬 태양은
붉게 물들어 밝히니

거센 찬바람
옷깃을 여밀 때

운해의 율동은
새 역사 새 시대
새 희망

내 눈에

눈시울 적시네

가을엔

가을엔 그냥 아무 말 없이
들에 핀 꽃들과
흥겨운 콧노래 부르며
친구하며 거닐어 보고 싶다

산길 들길 바닷길
어디든 발길 가라는 곳까지
아무 말 없이
뛰어도 걸어도 보고 싶다

가을엔 그냥 아무 말 없이
비 오는 거리
온 비를 맞으며 보이지 않게
비에 젖어
울어도 보고 싶다

저 높은 산중에 올라
외쳐도 보고
드넓은 바다를 향해
마음껏 소리 질러도 보고 싶다

왠지 가을엔
가을엔 가을엔

가을의 문턱

몹시도 뜨거웠던 여름날
지친 몸과 마음을 깨우는
가을바람은

창문을 두들기는 소리에
잠에서 나를 깨운다

바람도 어쩌면
그 누군가를 찾아다녔는지

숲에서
들에서

고운 향기 담아
바둥바둥 살지 말라며

우리들 세상 속으로
오라 보냈는지 모른다

바람과 함께

바람은 내 코끝을
훔쳐 가네요
어디선가 달려와 준
친구들처럼

바람은 내 코끝을
건들고 가네요
곱게 물든
단풍

미소 먹으며

바람은 내 등 뒤를
떠밀며 함께 가자 하네요
저 예쁜
꽃밭을 향해

가을에 피는 꽃

이 산 저 산
울긋불긋 꽃을 피우네

물소리 새소리도
동행을 하고

들판에 곱게 핀
곡식 개나리

산 위에 곱게 물든
단풍 무지개

깊어가는 가을은
아름답구나

쉼터

고샅길 돌담 꽃길 사이로
거미줄 대롱대롱 은구슬 피어 춤추고

살사리꽃 미소 먹으며
웃음 안을 때

어디선가 한없이 들려오는
풀벌레 풀잎피리 소리

나그네
가던 길 멈추고

귀 기울이며 천천히 다가갈 때
툭하고 숨 고르기

다랑이 구들장 논
깊은 계곡 가는 곳곳마다

또 다른 삶의 보따리
넋을 놓고 가는 세월이

참으로
아름답구나

날 푸르른 날엔

날 푸르른 날엔
한걸음 걸어도 뛰어도 보고 싶다

당신과 둘이서
살짝 핀 수줍은 미소로
꽃 피는 들판에 새우는 숲길에

한걸음 걸어도
뛰어도 보고 싶다

우리 서로 단풍 되어 피고 지는
그 길에서
당신과 둘이서

먼 훗날 앙상한 가지 위
흰 눈 소복이 내리고
새들이 울어주는 그날에 예쁘게 피었다
곱게 지며
웃으며 떠나고 싶다

날 푸르른 날엔
한걸음 걸어도 뛰어도
보면서

산책

계절 따라 변해 가는
나의 친구야

항상 너는 이곳에서
나를 반기며

더우면 낙엽 바람
부채질하고

추우면 솜사탕 한 아름
꽃송이 되어

계절 따라 갈아입은
옷이 너무 예뻐서

친구 찾아 여기까지
달려 온단다

낙엽의 길

빗방울
흩날리는 잎새 위
살포시 내려앉아

두둥실
떠다니다

데구루루
땅 위에 떨구우면

또 하나의 작은
숨소리

바싹 마른
낙엽은

작은 연기
피우며 숲에서
잠드네

가을에 떠난 사람

낙엽이 지는 가을에
떠난 그 사람
낙엽이 손 내밀면 온다던 그 말
한마디 남겨 놓고서

골목길 서성이며
손을 흔들곤
뒤돌아 흐느끼며 가던
그 사람

세월이 흐르고 흘러도
오지 못하고
가슴만 가슴만
쓰려옵니다

저 달이 기울면 어두워
못 오실 터인데
오늘도 두 손 모아
기다립니다

오늘도 두 손 모아
기다립니다

나뭇잎 하나

도로록 말아버린
나뭇잎 하나

누구를 기다리다
잠이 들었나

바람결 뒤척이다
길을 떠나네

이런 것이 있을까

얼어버린 마음
따뜻한 물
한 모금이면 녹일 수 있을까

그 따뜻한 물이 있다면
한 모금
마시고 싶다

이런 것이
있을까

언덕 넘어 피운 꽃

보이지 않는 언덕 넘어
그곳에도
꽃은 피었습니다

흔하디흔한 꽃이지만
메마른 대지 위
절박한 삶

물을 주지 않아도
누군가가
가꾸어주지 않아도
투덜대지 않았습니다

오직 바람과 친구하며
때가 되면
꽃도 피고 단풍 옷도
입어 보았습니다

바람은 함께 놀아준
그 고마움으로 씨앗들을
하나 둘
옮겨 주었습니다

다음 생에는
반대편 땅에서도 꽃을
피워 보라며
옮겨 주었습니다

그 후 일 년 후
들꽃은 엄마가 그랬듯
꽃도 피고
단풍 옷도 입어 보면서

바람에게 자신의 몸을
또 맡겨봅니다

아무도 알아주지 않는
들녘에 서서
또 꽃을 피워봅니다

엄마가 그렇게
했듯이

빌딩 숲 사이로

노을 지는 빌딩 숲
사이로
흐르는 세월은 어둠으로
잠들고

구름 속
파고드는 달빛의 사랑은
어둠의 꽃으로
피어올라

세상의 온갖 시름을
안으며
소리 없는
하루를 접는다

가을 사랑

작은 벤치에 앉아
한 잔의 커피를 마시며

하늘에 피는
구름 꽃
빛바랜 사진을 보듯

날아드는
새들의 풍경 속으로
가을 하늘에
수를 놓으면

그 찐한
그리움

내 가슴에
안긴다

작은 잎새 하나

후하고
불면 날아갈까

후하고 불면
날아올까

딸랑딸랑 외로이
펄럭이는

작은 잎새
하나

아쉬운 계절
내내 못 잊어
떨고
있구나

내 사랑 당신께

사랑해요
좋아해요
매일 주고받는 말 웃음 줍는다

아침에 눈을 뜨면
사랑하는 당신의 포근한 숨소리
풀잎 끝 대롱대롱
바람에 날리우며

떨어질까 말까 약 올리는
수정 꽃 내 사랑

늘 푸르른 소나무 산들거리면
푸드득 새처럼 날아와 앉아
노래 부르듯

잔잔한 호숫가
안개 깔리는 그 위에 살포시
올려놓으려 합니다

당신을 향한 내 사랑은
가을빛 단풍 어깨 위에
물들이며

해, 달, 별, 바람, 구름, 눈

햇볕이
내리쬐는 하늘만큼
사랑을 주고

달빛이
보내 주는 하늘만큼
사랑을 주며

별빛이
반짝이는 하늘만큼
속삭여 주고

구름이
하늘에 걸린 만큼
슬픔과 기쁨을 주며

들판에 불어주는
바람소리
노래로 만들고

눈처럼
따뜻한 이야기 사랑을
속삭여 주세요

창밖을 보며

오늘이 지나면
또 하나의
낙엽은 지겠지 하며

창밖을 물끄러미
내다보면

창밖은 빗물에
어둠으로 숨죽이며
잠들고

빗줄기 바람에
가로등 불빛은

빗물에 쓰담쓰담
어루만져지며

또 하나의 계절은
내일을 꿈꾼다

달의 사랑

둥근 달이 볼까 봐
나무그늘 아래 살짝 숨어
보았지만

낙엽 진
나뭇가지 사이로
달의 그림자
막을 길이 없네요

아마도 달의 사랑은
오래전부터

낙엽이 지길
기다리고 있었는지
모르겠습니다

사르르 떨리는
나뭇잎 하나 덩그러니
남긴 채

고놈 참

바람이란 놈은
괜스레 지나는 길에
시비를 건다

때론 웃기고
때론 울린다

행복 슬픔
사랑이란 바람결에

시를 쓰고
글을 읽는다

먼 훗날
갈매기 흰 눈 내려도

나와
친구 하잔다
고놈 참

오솔길 따라서

당신과 둘이서 나란히 거니는
그 오솔길 따라
발을 맞추며
이야기 꽃길 거닐 때

바람이 불고 낙엽이 날리는 낙엽의 노랫소리
새들도 동행하는 그 거리거리에
어두워지는 석양의 불꽃 노을로 변하는 하늘은
그 무엇이 그리도 부끄러운지

수줍은 얼굴로 붉게 물들이며
저 산 위 나무 뒤에 숨네요

반짝이는 별들도 하늘에 하나 둘 모여들고
은하의 작은 별 아름다운 모습이
내 작은 두 눈에
스며들어 안길 때

당신의 고운 눈빛 미소도
내 두 눈에 살며시 파고들며
작은 별 미소로
안긴다

눈 내리는 어느 날

눈 내리는 어느 날
당신 리필(refill) 할 수 있나요

어둠 내린 창가
따끈한 차 한 잔 나누며

설탕 같은
달달한 사랑

커피 같은
향긋한 추억

소주같이
톡톡 쏘는 짜릿함

그 속에 흠뻑 젖은
소중한 사랑 속삭이며

눈, 내리는 어느 날
당신 리필(refill) 할 수 있나요

겨울 사랑

창가에 앉아
훨훨 나는 새들을 본다

저리도 좋을까
새들끼리
숨바꼭질하는가 보다

짹 짹 짹
재잘재잘

꼭꼭 숨어라
깃털 가락 보인다

혼자 웃고
혼자 감상하고

나도 새들처럼
겨울 사랑 물들고
싶다

구름 우산

파란 하늘 도화지에
그림을 그린 걸까

내 마음속 도화지에
그림을 그린 건가

불어오는 바람 소리
실려 오는 뭉게구름

잠시 잠깐
하늘 아래
구름 우산 만들 고선

스프레이 뿌려 놓고
남몰래
울고 가네

계절 같은 사랑

어제도
오늘도
그리고 내일도

당신의 손등에 입술에
내려앉는
나의 입술은

당신의 따뜻한
마음속
깊은 곳

숨 쉬는 사랑이었나
봅니다

사랑은 계절처럼
피는 꽃

사랑해
그 짧은 외마디
웃음 짓는다

운해의 선물

어둠의 그림자 걷히고
높은 산 위 떠오르는 붉은 태양 아래
구름바다
바람에 이 산 저 산
일렁이는 장관은 참으로
아름답구나

이른 새벽 일찍이
산 위에 올라
기다리던 마음은 뻥 뚫린
내 가슴

내 눈에 안착한 너의 사랑은
긴 기다림의 종착역
절망과 좌절
증오와 미움
불평불만에서 벗어나

새로운 세계의 기둥이 되어
꽃으로 피어나리다
그대는 나에게 주는 고귀한
선물이기에

별이 지나는 밤

어두운 밤 하늘을
유심히 올려다 보았나요

반짝이는 별이
윙크를 하지
멉니까

저도 살짝 부끄럽지만
윙크를 하고 말았습니다

이 밤이 지나면
그리워도
너를 볼 수
없지만

이 순간은 나에게
지울 수 없는

당신의
따뜻한 사랑이었나
봅니다

나 어린 시절에

지금 시대에는 먼 발치 볼 수 없지만
우리 어릴 적 겨울이면
군것질거리가 별로 없던 시절이었습니다

그래서 그랬는지
집에서 고구마를 하나 들고
등교하곤 하였지요

학교에 가는 길에
눈이 소복이 내린 논둑 바위 틈
그리고 눈 속에 고구마 하나를 던져 놓으면

하교 시간에 배가 출출할 때
꺼내 먹기 위해 그리하였던
시절이 생각나네요

지금의 시대는 돈만 있으면
못 사 먹을 것이 없는 시절이지만
그때는 그랬습니다
돈이 귀한 시절이라서

코흘리개 친구들이 새록새록
생각이 나네요

보내는 마음

바람아 너는 왜 다
데리고 가니

낙엽만은 내 곁에 있게
해주렴

세월은 물처럼
흘러가지만

떨어지는 낙엽마저 잡지
못하고

세월아 세월아
가지를 마라

세월아 세월아
가지를 마오

내 가슴에 싸여진
수많은 사연

숭 숭 숭 구멍 나서
사라지겠어

스토커

낮에는
해님 스토커

구름 속에 숨었다
나왔다

나를 졸졸
따라다니고

밤에는
별님 달님 스토커

구름 속에 숨었다
나왔다

나를 졸졸
따라다니네

새벽달

어둠이 걷히기 전
미처 빠져나가지 못한
달의 마음은

오늘은 늦잠을 자고
말았나 봅니다

살짝 나무 위에
걸터앉아
보기도 하고

나무 뒤에 숨어도
전신줄에
앉아 보기도 합니다
부끄러운지

하지만 너무
눈부신 햇살에
밀려

캄캄한 어둠의 은하수
별빛 도화지를
또 기다려 봅니다

숲

숲길을 거닐다 보면
숲은 네게 많은 것을 안겨주는
따듯하고 시원하며
향긋한
배부른 그릇입니다

맑은 공기를 원 없이 내어주며
지저귀는 새들의
맑고 고운
아름다운 노랫소리
들려오고

졸졸 흘러내리는 피아노
선율 같은 물소리

숲은 광대가 되어 색색으로 옷을
갈아입으며 바람과 함께
춤도 추워 줍니다

숲은 계절 따라
변해가는 꽃다발
내 가슴에 파고들어
안긴다

파도의 사랑

푸른 바다 헤엄치듯
바위 틈 출렁이며 장난삼아
한두 어번 작품이요
예술이요

님 그리워 찾은 이곳
부딪치고 부딪쳐서 마음 달랠
파도에게
사랑 표현 전하는데

당신 볼에
부비 듯이

아름다운 자연소리
예쁜 모습 사랑으로
파도소리
변 하이다

노을빛 약속

노을빛 지는 들녘
당신과 이 밤 지새우며
노을빛 사랑 꽃필 때

노을에 손가락 걸며
변치 말자 약속하고
노을빛 맹세 당신께 드리던 날

이 밤이
가지 말라 두 손 모아
기도하며
노을빛 당신 얼굴
쳐다보고

어린아이 웃음처럼
짖게 물든 노을빛 친구 삼아
당신 사랑하리라
사랑하리라

노을빛 약속
나의 숨소리조차
당신께
당신께 드립니다

그리운 옛 고향

해는 서산에
오르고
지금은 타향살이
볼 수 없지만

해 질 녘 옛 고향
모락모락
피어올라

뽀얀 연기
살포시 내려앉아
두둥실 나를
반기네

카페

귓가를 스쳐 지나는
카페의 음악 소리에

눈을 감고
그대 얼굴에 미소를
짓네

저 음악은
내 님을 부르는
소리일까

영화 속 한 컷 한 컷
스치는 음악의
소리지만

내 마음
그대 곁에 머문 듯
꿈을
꾼다네

그리운 그 눈동자

눈 감으면 떠오르는
그때 그 모습
그리고 그 눈동자

떨리는 목소리 뒤돌아
그대 부르면
뒤돌아볼 것 같은

그때 그 모습
그리고
그 눈동자

날개

날개가 있다면
내 사랑 그대와
저 푸르고 푸른 창공 날고 싶다

흰 구름 가르며
사랑의 노래 함께 부르며
날고 싶다

비 오는 날에도
눈 오는 날에도
멀리멀리 날고 싶다

하늘 저편 끝까지
내 사랑 그대와 행복의
나라로

날개가 있다면
높이 높이
날고 싶다

태양

혼자서도 외롭지
않다네
이 세상 저세상 밝히다
보면

어제도 오늘도
보았다네 그대 모습
행동들을

하지만 외롭고
괴로울 때도 있다네
저 구름
가리어지면

그렇지만
오늘 아닌
세월 속에서

먼 훗날 내일을
기약하며 온 세상
밝혀 온다네

고백

어제는 비가
내리고

오늘은
맑은 하늘에

꽃 피는 그대를
보았죠

어떻게
말을 전할까

내 마음
망설이다가

그대의
작은 가슴에

내 마음 곱게
심어봅니다

추억은

추억은
가질 수도
버릴 수도 없이
흐른다

헝클어진
내 마음

잎새 되어
날리며

또 하나의
추억은

휴식 없이
흐른다

우리 얼마나 부를까요

우리 여보 당신 자기야 라고 부른 날
얼마나 될는지요

눈 비바람 불면 춥다고 앙탈하고
더우면 덥다고 짜증 내듯
우리 여보 당신 자기야 라고 부를 날
얼마나 될는지요

서로 서로 마주 보며
서로에게 힘이 되고 웃음 주며
용서하는 나날들
여보 우리 얼마나 될는지요

미안해요, 고마워요, 사랑해요,
달구지 달그락달그락
달구며 달리듯
그 단순하고 짧은 말

우리 서로 마주 보며
여보 당신 자기야 라고 부르며 보낼 날
여보 우리
우리
얼마나 될는지요

고목

고목은 울지
않는다

바람이 지나는 길에
부딪쳐서
울고 가지만

고목은
울지
않는다

모진 세월
비바람 맞으며

지켜온
인고의 긴 세월

고목은
울지
않는다

시계 같은 사랑

언제나 나를 깨우는
시계 같은
사랑이 있습니다

살짝
클릭해 오면
바이러스
걸린 듯

살며시
눈이 떠지는

시계 같은
사랑이 있습니다

사랑은 끝없는 수리공

아침에 눈을 뜨면 피곤해란 말보다
사랑해란 말을 할 수 있는
당신이 내 곁에 있다는 것은 행복입니다

비와 눈이 내려도 한결같은 마음으로 식사 다 되었어요 하며
미소로 불러주는 당신이 내 곁에 있다는 것은
기쁨입니다

출근시간 늦겠다며 옷을 챙겨 주고
따듯한 눈빛으로 내 입술에 입맞춤
잘 다녀와요 하는
당신이 내 곁에 있다는 것은 사랑입니다

고단한 어깨가 축 늘어진 모습으로
퇴근하는 나를 고생했어 하며 말 한마디 건네주는
당신이 제 곁에 있다는 것은 따듯함입니다

사랑은 서로 돕고 서로 이해하며
서로 숨김이 없으며
간섭하지 않으면 큰 싸움은 없어요

한평생을 끝없이 이해하며
가꾸고 꾸며야 하는 우리는 끝없는
사랑 수리공

보너스

파르르 떨려오는
나의 입술에
당신의 손끝이 다가올 때면

살포시 나는
눈을
감는다

파도처럼 밀려오는
작은 숨소리

부드러운 너의 손길은
내 얼굴을 만지며

나의 입술에
당신의 입술을 얹는다

조심히
다녀오세요
한다

오늘도
가야겠지요

영원한 사랑

걸음걸음 한 걸음
가벼운 발걸음

걸음걸음 한 걸음
무거운 발걸음

자로 잰 듯 보폭은
나와 친구를 한다

시간이 빨라도
시간이 늦어도 나와
친구를 한다

여기까지 와준
나의 친구야

내 남은 인생 끝까지
잘 좀 부탁해

추억

예쁜 나뭇잎 따다
곱게 말려

학창시절 남몰래
숨어 울던

사랑 새 글
하나

골방 속 책꽂이에
숨어 잠잤네

수줍은 나의
어린 날

한 잔의 사랑

모락모락 피는 꽃
네게 온 그 향기
너와의 사랑은 입맞춤입니다.

하루에 몇 번을 만나도
가슴 따듯한 사랑

그 짧은 만남은
잊을 수가
없네요

매일 같이
연애하듯
아쉬움을 남겨도

그 따듯한 사랑은
내 평생
사랑이기에

아름다운 꽃

세상에 태어나
내 나이보다

아름다운 꽃은
없는가 보다

아침이슬보다
신선하며

숲속 향기보다
선명하고

찻잔에 흐르는
향기보다

진한 꽃은
내 나이인가 보다

그 진한 꽃은
내 나이인가 보다

영상

조용히
음악이 흐르고

잔잔한 술잔 위에
그대 얼굴
그림 같구나

하지만

부딪쳐 오는
서로의 술잔 속에

그대 얼굴
사라져 버리고

영상 속 잠긴
그대

그리움에 잠 못
이루네

새벽 꽃 당신

아침입니다
태양이 웃고 있네요
이슬이 말라가지요
슬픈가요

촉촉한 당신 보기 위해
일찍 일어났는데
수줍어하네요
부끄러워하네요

참 예뻐요
누구를 닮았나요
미워할 수 없군요
순하고 고운 마음씨네요

태양이 뜨면 잠드실 텐데
그래도 슬프지 않아요
새벽 꽃 당신
참 아름다워요

고목에 피는 꽃

빗방울 떨어지는 어느 날
내가 당신 그리워하면
잠시 잠깐 모른 척
눈 감아 줄 수 있나요

꽃은 피고 지어도 비밀을 모르고
사랑은 시간이 흐르면
비밀이 많아요

당신과 나의 사랑도
비밀이 있다면
빗방울 떨구듯
하나 둘 사랑으로 지워요

새들은 슬피 울어도
눈물이 보이지 않지만
사랑의 상처는 비밀에 눈물이 많아요

먼 훗날
당신과 나 고목이 되어도
사랑으로 나누는
그곳에
예쁜 꽃 피워요

벨 소리

누군가 그리운 날엔
눈시울 젖어
하늘을 본다

거리를 걸으며
무성히 자란 잡초들
어루만지며

쏟아지는 햇살
잠시 벤치에 앉아
저 먼 곳을 바라보다가

발밑에 모래밭
발로 젖히며
그림도 글도 적어본다

따르릉~

갑자기 정적을 깨우는
전화벨 소리

내 마음 들킨 것처럼
미안해진다

흔적

메워도 메워도
메워지지 않는 공간
비워놓겠습니다

잠시라도 좋아요
잠깐이라도
좋아요

계절처럼 당신이 다가온다면
그곳 그 자리
언제든
비워놓겠습니다

자유의 날개
편히 와 날 수 있도록
당신의 날개
바람결에 비워놓겠습니다

마음의 꽃자리
언제든
비워 놓겠습니다

마음의 강

당신의 마음속 깊은 곳
채워놓은 비번을 나는 풀 수가 없습니다

계절마다 꽃은 피고 지어도
그 꽃 이름마저도 나는 알 수가 없습니다

어젯밤 비가 거센 바람 맞으며
힘없이 울고 갔어도
나는 그 이유를 모르겠습니다

안개 자욱한 거리 한 발 한 발 내 걸어도
나는 그 이유를 모르겠습니다

그대 스스로 채워버린 비번에
모여드는 물줄기 수로를 찾아

밤하늘 반딧불 신호 보내면
그땐 네게 당신의 비번을
열 수 있나요

당신 마음의 강 돌다리 놓아가면서
똑똑똑 두들기며 당신께
건너 가리다

날개 없는 편지

어둠이 내리는 날엔
작고 허름한 글을 쓴다

쓰고 지우고 반복된 그리움
허공을 날아가 버린다

낙엽이 지고
바람이 불며
차가운 밤바람 가슴을 여밀 때
보고 싶다 속삭이며

모래밭 파도의 지우개에
쓸려가며
그리움 방울방울 샘 되어
날개 없는 글이 된다

가화만사성

가장자리
좋은 추억 하나 길 위에서
바라보는 풍경은

화려한 의상으로
치장을 하지 않아도 따듯한
단풍같이 물들이는
작은 이벤트

만물이 익어가는 길은
그 모습만으로도
따듯하고 아름다운 삶의 가치를
보여주는 것 같습니다

사랑의 노래 함께 부르며
시를 쓰고 있는
내 모습이 초라하지 않은 숲속의
향기처럼 진한 그리움

성글 거리는 내 모습은
가을이 주는 따듯한 가화만사성
고귀한 선물이기에

길 위에 서서

무언가를 기억하려고 하면
구름 흩어지듯 사라져 버리고

무언가를 잊어버리려 하면
벌 때처럼 모여들어 잊어지지가 않습니다

꼭 내 삶의 앞길은
무언가에 걸려가야만 하고
걸려와야만 하나 봅니다

햇볕이 내리쬐면
맑은 마음
비처럼 내리면 기쁘고 슬픈 마음

눈이 오면 반짝이는
따듯한 마음
그것이 내 삶의 길인가 봅니다

아직 내리쬐지 못한 햇볕과
비 눈보라가 남아있는 내 앞길에서 서

오늘도 그 앞길을 묵묵히
걸어 봅니다

사랑은 1

당신의 얼굴에
미소가
넘쳐흐르고 있으면
나는 하루가 행복합니다

솔직히
그렇잖아요

당신의 얼굴에
미소가 사라지고 찡그린
모습을 보면
하루가 속상하니까

따사로운 햇살처럼
환한 미소는
내 가슴에 안기는 사랑

그거 당신은 아세요
사랑은 별거
아니라는 거

어떤 물감 쓸까요

당신을 그리면
자연을 그리고
당신을 그리면 세상을 그립니다

들판에 핀 꽃들이 아름답다면
당신이란 꽃은
더 아름답고 사랑으로 핀 소중한 생명의 꽃

시냇물 졸졸 흘러
물소리 새소리
한 점 오염 없이 맑고 고운 순박함
당신은 처음 꽃
처음 점 하나입니다

잠시 다녀간다는 말 한마디
남겨 놓으시면

어두운 밤 아니련만 소식 없는 당신이
그립고 그리워
점 하나 마음 한 점 놓고 갑니다

어떤 물감을
쓸까요

꽃잎 사랑

사랑은 고운 밤
포근히 감싸며
이불과 같아서 따듯하며

사랑은 맑은 공기와 같아서
상쾌하며 시원하고

사랑은 드넓은 정원에
꽃들과 같아서
예쁘고 고우며

사랑은 별처럼 눈망울 같아서
행복과 포근함을
알려주고

사랑은 언제나
입가에 고이는
은은한 커피향 같아서 달콤하며

사랑은 이 세상에 태어나
당신을 만남에
감사한다

사랑으로 가는 길목에 서서

세상에 수많은 분야의 사람들이 태어나
숨을 쉬고 살아가지만
지금 당장 가진 것이 있고 없다 하여 마음만큼은
곱게 쓰며 살아가야 한다
마음마저 불쌍해 보이면
그보다 더 세상살이가 궁색해 보이기 마련이다

사람은 정을 나누며 살아가야 한다
내 앞길 구만리 길도 모르면서
살아 나가지 아니 하던가
지금 당장 남들보다 부유하게 살아 나갈진 모르겠지만
시간이 지난 후 찾는 이 하나 없이
외롭고 쓸쓸해 보인다

사람은 웃으며 살아가야 한다
머 그리 근심 걱정 다 안고 살아 가는가
혼자 사는 세상도 아닌 것을
찡그린다 누가 좋아 한단 말인가
남들과 더불어 웃으며
그리 그렇게 둥글게 둥글게 멋지게 살아가면 되는 것을
그래야 나 자신의 가치도 세상에 빛나는 것을

사람은 지금 이 순간만 모면하려 하지 말자
먼 훗날 더 큰 상처로 부메랑 되어
나에게 날아올지 모르는 일
사람이면 그냥 둥글게 둥글게 살자
뛰어보지도 걸어보지도 않고 편안하게 살기를
꿈꾸는 것은
나를 버리는 것과 무엇이 다르겠는가

우리 함께 더불어 사는 세상 함께 뛰어나 봅시다
세상에 살면서 죽어라 재산 모아 자식들 뒷바라지
그것도 모자라 재산 몽땅 자식들 물려 주워봐야
아무 소용 없더이다

내가 내 부모 모시는 것을
한낱 짐이라 생각하니
나 또한 늙고 힘없는 노인이 되면
똑같은 신세 누가 알리요
죽어서 저 세상에 가지고 갈 재물도 아닌 것을
재물이 없더라도 웃으며 효도하며 삽시다

늙고 싶어 늙는다요
세월이 그곳으로 보내는 걸

어머니

뚜벅뚜벅 터벅이 그리운 어머니
피고 지는 꽃이면
만날 수는 있지만 꽃과 같던 어머니
계절 같던 어머니

매일 아침 깨우던
다정했던 어머니
비와 눈이 내려도 한결같던 어머니
왜 제 손을 빨리 놓으셨나요

먼 길 마다하지 않고서
달려오시던 어머니
이젠 불러도 불러도 대답이 없고
기다리고 기다려도 오지 않는 어머니

저도 이제 나이가
여기까지 왔어요

보고 싶은 어머니
그리운
나의 어머니

부모의 마음

멀리 있어도 가까이 있어도
그리운 것은 부모님의 마음인가 봅니다

대수롭지 않은 작은 일 하나에도
걱정하며 전화를 하시고
많은 걸 쥐여 주고도 모자란지
늘 미안해 하시는 부모님

걱정하지 않으셔도 돼요
하며 말씀드리면
웃음으로 넘기 쉬곤 하시지만
낳아주고 길러주신 것으로 꽃은 다 피었다
생각한 제가 어리석었습니다

당신 앞에만 서면 작은 몽우리 꽃
평생을 가정 위해 자식 위해 일하시다

힘없는 당신이 이제는
안쓰럽습니다

고맙습니다
그리고
사랑합니다.

아랜 역

굽은 허리 부여잡고서
멍하니 아랜 역
바라보다가

해 질 녘 싸리문 다
잠그지 못하고 서성이시는
백발의 노인은

혹여 누군가 찾아올세라
조금 열어놓는 마음은
기다리는 마음입니다

강아지 우렁차게
짖노라면 시끄럽다 괜한
꾸지람을 주시다

작은 기침소리 하나라도
들리노라면
방문을 열어 보시던
백발의 노인은

세월은 늙지 않아도
노인의 마음은 어쩔 수가
없나 봅니다

기러기 끼억 끼억 울어대며
날아오르고 저 산 아래
둥근 달 피어오를 때

엉거주춤 구부정한 걸음은
오늘도 누구를
기다리나 봅니다.

어머니 가슴처럼

반항을 하여도
신이 나고

고함을 질러도
신이 나는 것이

내 마음
편하게 한다

밤하늘 별처럼
수줍어하며

내 마음 간직하신
어머니

해가 뜨면 따듯하고
바람 불면 시원하듯

나의 어머니
어머니 가슴입니다

나의 고향

나 예전에 이런 곳에 살았다네
초가지붕 다닥다닥
민속마을 나의 고향

겨울이면 고드름 대롱대롱
아버지 엄마께선
자식들 추울까 봐
소여물 끓이면서

아궁이에
한 아름 장작을 지피시고
시골에선 제일가는 재산목록
소 한 마리 기르시어

자식들 뒷바라지하시느라
참 고놈 하시면서
허허허 허털 웃음 지으시던
아버지의 그 모습

나도 정년 후
물 공기 좋은 산수에서
검문 없이 살고 싶다

그런 거란다

세상에 사람으로 태어나
가질 것도 버릴 것도
많이 없지만

나를 낳아 주고 길러주신
부모만큼은 버려서는
아니 될 것이다

나 역시 늙으면
힘이 없고 받아줄 곳 하나 없으니
내가 부모에게 모진 행동
내 자식인들
나를 보고 크지 아니하겠나

천재지변이 무너져도
내 자식 애틋함은
너 나 할 것 없이 똑같은 마음

부서지는 파도 울음소리
한이 서리고
불어오는 바람소리 한이 맺히니
이 넓은 세상 누굴 믿으랴

바람도 왔다 가면
또 오는 것을
시곗바늘 돌아가는 초점에 맞춰

늙어가는 내 몸도
부모와 무엇이 다르랴
한평생 일만 하다 가시는 길을
자식 된 도리로서 편히 모시다
보내드리면

내 자식 나를 보고
배우는 것을
세상은 다 그런 거란다
세상은 다

기억에 흐르는 강

하늘이 맑고 고운 날은
일손이 부족하고
하늘이 흐리고 비가 오는 날에는
온몸이 아파하셨던 어머니

가족 위해 자식 위해
헌신짝 다 닳은 신을 신으시고
그 넓은 밭고랑에 쪼그리고 앉아
수건 한 장 달랑 머리에 두르시고
김을 매시던 어머니

조금 쉬엄쉬엄 좀 하세요
하고 말씀드리면
비가 오기 전에 일을 끝내야 하신다며
서두르시던 어머님

지금은 그 밭에 풀만 가득
자라고 있습니다
콩이며 고추 감자 고구마
농작물이 가득 차 있던 밭인데
지금은 풀만 야속하게도 가득하네요

가끔 고향땅에 가보면
그 어린 기억들이 하나 둘 새록새록
지워지지 않는 내 고향
눈시울이 젖어 떨어질까 말까
하늘만 바라보게 되네요

어린 시절 기억에 흐르는 강
고향땅은 언제 가 보아도 따듯한
가슴 아랫목
이젠 보이지 않는 당신이 그립고
그립습니다

어 머 니

브레이크 없는 내 인생

브레이크 없는 내 인생
수많은 옷으로 가려보아도

그 수많은 화장으로
가려보아도
물줄기처럼 소리 없이
스며만 든다

영화처럼 살고 싶은데
바람처럼 스쳐 지나간 세월

난 오늘도
그 길을
비바람 맞으며 정처 없이
걷고 거닌다

브레이크 없는
내 인생
또 하나의
세계로

내 눈에 발자국

내 눈에 발자국 당신 앞에 찍어봅니다
나이만큼 찍어야 할까요
걸은 걸음만큼만 찍어나 볼까요

오늘 잊은 사랑은
내일도 찾을 길이 두렵습니다
우연히 써놓은 글이 없으면
누구나 잊혀진 계절과도 같고

우연히 찍어 놓은 사진이 없으면
그때의 추억이 머릿속에 맴돌 뿐
작은 것 하나하나
오늘에 감사하고 감사하며 살아갈
네가 그리운 날엔
내 눈에 발자국

내 인생 신호등 출발 기다리며
오늘도 미래의 추억 속으로
나를 사랑하고
나를 위해 한 걸음 한 걸음 걸어봅니다

또 한 편의 드라마 주인공
발걸음 되어

사랑의 길

오늘은 하나를
배웠습니다
제가 깨어나 있다는
것을

오늘은 하나를
배웠습니다
저에게 가족이 있다는
것을

오늘은 하나를
배웠습니다
제 곁에 친구들이 있다는
것을

오늘은 하나를
배웠습니다
저에게 내일이 있다는
것을

오늘은 하나를
잃었습니다
저에게 어제가 있었다는
것을

동행

하루 이틀 사흘 그리고
오랜 시간 동안
당신과 함께 한다는 것은
따뜻한 사랑입니다

라디오에서 쉼 없이
흘러나오는 음악을 듣고
있노라면

손가락 발가락 장단에 맞추며
내 가슴을 파고드는
바람 같은 너

짠맛을 내는 사람도
싱거운 맛을 내는 사람도
제각기 세상과의 불꽃으로
살아가지만

당신과의 동행은
달콤한 이야기 향기를 피우며
마주 보며 거니는
아름다운 여행의 선물 같은
사랑이라고

인생(人生)

인생무상 새옹지마
시곗바늘 같아서

돌고 돌고 돌아
시곗바늘 그 자리

눈을 떠도 그 자리
눈 감아도 그 자리

건전지 내 젊은 날
방전되는 날까지

꽃 낙엽처럼 피웠다
한 줌 흙이 되어
떠나리

산은 너(나)에게

산은 너(나)에게
오르라 말하지도

내려가라 말
하지도 않았다.

너(나) 스스로 오르고
너(나) 스스로
내려왔을 뿐이다.

세상도 다 그렇게
사는 거란다

오르고 내려가는 것은
오직 너(나)의 운명이니까

네게 쓰는 편지

하나 둘 허물 벗듯 내려놓고
무거운 짐을 지고 살아가는 삶의 길은
이제 그만

비우고 또 비워 털털 털어놓고
오래 묵은 묵은지가 맛나듯이

지나온 삶의 쓰레기는
저 먼 곳으로 일찍이 태워버려
거름으로 해 주시고

새 생명 자라나서
꽃과 벌 나비 날아들면
새들이 놀 수 있는 놀이터로
만들어 주고 싶다

어제의 삶을 기억하면
머리가 너무 아파
오늘 내일만 생각하자

당신과 나
또 다른 세상 향수 뿌려 가며
먼 훗날 싱거운 삶의
주인공 일지라도

도시락 등불

가끔 아주 가끔
많은 생각에 잠겨봅니다

창문 사이로 바라보는
세상 풍경들

드넓은
바다 위 하염없이
나는 갈매기 떼

누군가 부른건지
바쁘게 움직이는 자동차들

식어가는 노을에
하나 둘 밝혀주는
아파트 도시락 전등 불빛

이것이 인생의 참
예술이구나

산 천

계곡물 흐르고
산수 좋은 그곳 산천에
살고 싶어라

물소리 새소리 풀벌레
울음소리
친구 하면서

젊지만 젊지 않은
나의 마음은

뜨는 해
지는 해
바라보면서

그곳 산천에 살고
싶어라

따뜻하며 무섭습니다

글은 따뜻하며
무섭습니다

사랑과 행복 즐거움
기쁨 등이
존재하지만

때로는 슬픔과 괴로움
불평불만 증오 좌절 등이
동행합니다

스스로 보고 듣고 쓰고
접하는 글
한 권의 책 속에는

입에서 나오는 말
한마디 한마디
따뜻하고 두렵고 가끔은
무섭습니다

이것이 삶의
인생이라면

일 월 화 수 목 금 토

해 날 (일요일)은
들 산 강으로 여행을 떠난다
집에서 뒹굴기도 하지만

달 날 (월요일)은
몸이 좀 무겁습니다
해 날의 후유증으로 몸은
천근만근

불 날 (화요일)은
하염없이 또
해 날이 그리워집니다
사람이니깐

물 날 (수요일)은
달 날 불 날 중간이라서
조금은
편안함을 주네요

남 날 (목요일)은
또다시 흙 날과 해 날이
기다려집니다

쇠 날 (금요일)은
흙 날과 해 날이 알짱거려서
눈가에 주름이 솟지요

흙 날 (토요일)은
반나절이지만
해 날의 약속이 즐겁기만
합니다

한주의 행복은
삶의 원동력
앞으로 우리에게 많은 꽃이
되었으면 좋겠습니다

사랑하고 사랑하며
아껴 쓰는 예쁜 마음으로
한 주 한 주
파이팅입니다

광야에서

한 줄기 빛은 어둠 되어 내리고
산들산들 부는 바람

태양은 광야를 어둠 속
깊은 곳 여행의 세계로
잠들게 내린다

바람아 구름아 너는 아느냐
저 넓은 광야의 메아리

이 세상 욕망이
피 끓는 노을의 불꽃을
광야야
너는 아느냐

수천 년 역사와
은하수 강 건너
초승달 가로등 불빛에 잠드는
태양의 마음을

광야야
너는
아느냐

세월

가네 가네 세월아
내가 너
따라 간다네

가네 가네 세월아
이 넓은 세상
다 구경도 못하고

내가 너 따라
간다네

내 신발 밑창 다
닳아가면서

내가 가네 가
너 따라 간다네

바다로 간다

마음이 힘들고
쓸쓸할 때
바다로 여행을 간다

모래밭 백사장
발 도장을 찍으며

쓸려오는 파도에
장난하면

파도는 철썩철썩
소리 내며
언제든 자주 오라
손짓한다

고향처럼 포근하고
아늑한 곳

바다는 언제든
자주 오라
손짓한다

무상으로
관람하라며

그리운 날엔

무심코
누군가 그리운 날엔
전화를 한다

밥 먹었어
잘 지내지
지금 뭐해 건강은

늘 하는 말처럼
괜한 질문을 한다

멀리 있어 보지 못하고
멀리 있어 가지 못해도

그 짧은 메아리
나를 감는다

한풀이

강물아 강물아
너는 흘러 흘러서 어디로
간단 말이냐

낮에는 해님이
밤에는 별님이 길을
밝히면

햇볕에 그을려
반짝거리고

별빛에 그을려
반짝거리며

이곳저곳 바위에
한풀이

부딪치고 부서져서
상처투성이

알알이 숨을 쉬며
어딜 가는야

얼 수

이보시게 친구님들
내 말 좀 들어 보소

한 잔의 술잔에
기름진 땅 일구고
좋은 친구 뿌려서

한 잔의 술잔에
예쁘고 멋진 친구 꽃피워
친구들 주렁주렁

긴긴밤 긴 세월
이런저런 이야기 웃음꽃
풍년 들게 하소서

얼 수

상처

가까스로
내려놓은 발길
하나가

메마른 대지 위
피는 꽃처럼

울퉁불퉁 내 마음
비명 소리에

흐르는 세월이
약속하구나

당신만 괜찮다면

커피 한 잔
술 한 잔 생각이 날 때마다
나 당신께 전화해도
괜찮은지요

새들이 우는 숲길도
떠들 법석 사람들 북적이는
그런 곳도 좋습니다

동해에 떠오르는
일출 보기 위해
그곳으로 몸을 싣고 떠나는
여행처럼

커피 한 잔 술 한 잔
생각이 날 때마다
나 당신께
전화해도 괜찮은지요

하늘에 곱게 뜬
저 달이
길을 안내해 주겠지요
당신만 괜찮다면

일상생활

개미의 하루는
참 분주하게 움직이고
있습니다

조그마한 몸과 발
어찌나 빠른지

보면 볼수록 매력에
빠져 드네요

나 또한 오늘 하루를
어떻게 보낼까
고민하다가

웃으면서 가자
했습니다

새우등 흰 꽃 피는 날

내가 일하는 곳은
소음이 엄청 시끄러운
일터입니다

지금은 괜찮다
괜찮아 말을 하지만

시간이 흐르고
나이가 저물어 새우등
흰 꽃이 피는 날

그때는 잘 들릴는지
모르겠습니다

아등바등 저무는
노을처럼

동무 생각

나이가 들어서도 장난기는
어릴 때나 지금이나
변함없이 식을 줄을 모르나 봅니다
시골에서 아궁이에 불을 지펴
가마솥에 밥을 하면
누룽지 그 구수한 입맛처럼

살살 녹는 입담은
가을날 낙엽이 물들어
떨어지는 아쉬운 장난기 보내기 싫었는지

먹고사는데 바쁘다는 이유
핑계인 줄은 몰라도
만나면 무슨 말이 그리 많은지
빗방울 개수보다도 많은 것 같고

가끔 낙엽처럼 떨리는 목소리
내 입술도 사르르 떨리는 것을 보면
혹시 기다렸는지 모르겠습니다

모닥불에 모여 앉아 군고구마 입에 넣고
오물오물 달콤한 이야기꽃
그래서 난 당신들이 좋습니다
웃을 수 있고 장난할 수 있으니까

바람에게

슬픔이 내린 밤에는
바람에 비워달라
부탁의 말을 해보고

기쁨이 내린
밤에는

바람에 채워달라
부탁의 말을
해보고 싶다

교차로에 서서

사람들은 살다 보면
수많은 분야의 사연으로
자동차처럼

짐을 가득 싣고 달리는
인생도 있을 것이고
짐이 별로 없이 달리는 인생도
있을 것입니다

늘 반복되는 일상
이야기보따리
아무도 모르게 나 혼자 달린다
생각을 하지만

잠시 마음을 달래며
떠나라는 신호등 앞에만 서면
온갖 생각에
잠기곤

직진으로 달리라는 신호등
우회전 좌회전
때로는 비보호
잘못 들어선 길은 유턴이라는
길 앞에서

잠시 멈춰 서서 생각하고
달리라는
당신의 따듯한
인생의 뜻 교차로 사랑이었나
봅니다

아침에 이슬 맺은 풀잎처럼
좋은 짐을 실으려
오늘도 밝은 마음으로
출발해 볼까요

고 고

12월을 보내며

찰칵찰칵
셔터를 눌러 봅니다
늦기 전에 한 해의 미소를 더 많이
담고 싶어서요

12월이 지나면
또 하나의
새로운 추억여행이 될 새해의
아침이 떠오르니까

즐겁고 힘들었던
지난 시간들
더 쓰지 못한 사연들을 남겨둔 채
밝은 미소로
새해를 맞이하고 싶습니다

새해의 초청장에
또 어떤 사연들이 숨어있을까
기대를 하면서

안녕

사랑은 묘한 신호등

빨리 가지도 못 할 거면서
왜 서두르고 계시는지요
빨간 신호등
위험한 사랑인가요

주춤주춤 머뭇거리면 사랑이 찾아 오나요
주황 신호등
진정한 사랑이라면
참는 법도 배워야 하지 않나요

나는 안전하다고 생각을 하셨는지요
파란 신호등
앞만 보고 가다 보면은
옆에서 뒤에서
언제든 치고 들어올지 모른답니다

사랑은 남들이 끌어주고
밀어가며 가는 것이 아니라는 거
내가 운전하며 조심조심 가는 거래요

그것이 사랑이라면
그래서 사랑은
묘한 신호등

내가 들꽃이라면

만약에 내가
보잘것없는 들꽃이라도
나는 꽃을 피울 겁니다

아무도 오지 않은
넓은 들녘에 태어났어도
나는 꽃을 피울 겁니다

바람 그네도 타면서
옆집 꽃들과
하하 호호 웃으며
나는 꽃을 피울 겁니다

어느 날
누군가 다가와
내 몸을 밟고 지나가고
꺾고 잘라 버려도

나는 꽃을
피울 겁니다

숲 길

숲길을
거닐다 보면

바람 소리
물소리

새소리
낙엽 소리

오랜
친구 같은
마음으로

한걸음 더
다가서게 된다

보이지 않는 강

높고 높은 산 정상에
올랐다 하여
세상이 한눈에 다 들여다
보이던가

배움의 길이
길고 많았다 하여
세상이 한눈에 다 들여다
보이던가

내 몸을 매일같이
구석구석 깨끗하게 씻고 닦고
하였다 하여
마음이 깨끗해 보이던가

이 세상은 보이지 않는
바람에 세상이 오고
보이지 않는 바람에 세상이
흘러가는 것

누구 하나 손 내밀고
손 흔들어 세상을 세운다면
세상이 정착했다
가겠는가

피곤해서 잠을 잘 때에는
아무것도 몰랐으나
잠에서 깨어나면
또 한탄의 세월

허허~~ 내 눈에
웃음만이 가득하게
남는구나

퍼즐 길 따라 거닐며

꽃이 피는 날에는
당신과 나란히 거리를 거닐며 흠뻑
웃을 수 있어 참 좋습니다

비가 내리는 날에도
당신과 차 한 잔을 기울이며
마주 보고 앉아 못다 한 이야기꽃
피울 수 있어 참 좋습니다

단풍이 곱게 물든 날에는
당신과 나란히 단풍길 따라 거닐며
곱게 물든 웃음 웃을 수 있어 참 좋습니다

눈이 내린 날에도
세상이 온통 흰색으로 갈아입은 산과 들
당신과 거닐며
눈꽃 구경할 수 있어 참 좋습니다

밤하늘 별을 보며 눈을 감고
소원을 빌 듯이
오늘 하루도 몇 발자국 퍼즐 길 따라
거닐어 봅니다
우리 둘이서

사랑은 2

사랑은 밤새도록
이슬 맺어 풀잎 위에 살포시
내려앉아

햇빛 달빛 별빛을 기다리다
햇빛 달빛 별빛에
그을리며 살아가지만

아주 가끔 조금씩
빗물에 세수하면서 스스로
잠자고 깨어나
발맞추며
앞을 보며 가는 거래요

사랑은
너무 많이 받으려 하지도 말고
너무 많이 주려고도
하지 말으며

나 스스로 깨어나
나 스스로
한 걸음 한 걸음 걸어가는
거래요
빗물에 세수하면서

마음에 흐르는 강

김교협 시집

2019년 3월 11일 초판 1쇄
2019년 3월 14일 발행
지 은 이 : 김교협
펴 낸 이 : 김락호
디자인 편집 : 이은희
기 획 : 시사랑음악사랑
연 락 처 : 1899-1341
홈페이지 주소 : www.poemmusic.net
E-Mail : poemarts@hanmail.net

정가 : 10,000원

ISBN : 979-11-6284-099-3